Analyse de l'œuvre

Par Nathalie Roland
et Pauline Coullet

L'Utopie

de Thomas More

Rendez-vous sur lepetitlitteraire.fr et découvrez :

Plus de 1200 analyses
Claires et synthétiques
Téléchargeables en 30 secondes
À imprimer chez soi

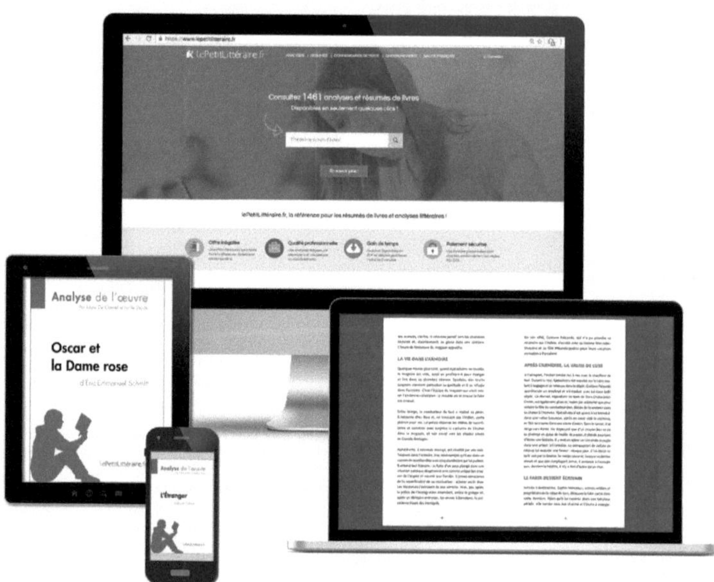

THOMAS MORE

JURISTE, DIPLOMATE, HUMANISTE ET THÉOLOGIEN ANGLAIS

- **Né en 1478 à Londres**
- **Décédé en 1535 dans la même ville**
- **Quelques-unes de ses œuvres :**
  - *L'Utopie* (1516), roman
  - *Epigrammata* (1520), recueil
  - *La Tristesse du Christ* (1535), essai

Né à Londres en 1478, Thomas More suit des études juridiques. Il se marie et devient père de quatre enfants. Élu député au Parlement en 1504, il obtient le poste d'*under-sheriff* (juge municipal) de Londres. Par la suite, il entre au Conseil privé du roi Henri VIII (1491-1547) et mène plusieurs missions diplomatiques en France et aux Pays-Bas. Au cours de celles-ci, il rencontre quelques grands humanistes de l'époque tels Guillaume Budé (1467-1540) et Érasme (vers 1469-1536). Il fréquente aussi des moines et acquiert une bonne connaissance de la Bible.

Adversaire des réformateurs anglais, il dénonce leur hérésie dans plusieurs écrits publiés entre 1529 et 1532, comme *Le Dialogue concernant les hérésies* (1529). Fervent catholique, il refuse d'approuver le remariage d'Henri VIII. Condamné pour haute trahison, il meurt décapité.

L'UTOPIE

VOYAGE AU PAYS DE NULLE PART

- **Genre :** roman
- **Édition de référence :** *L'Utopie ou le Traité de la meilleure forme de gouvernement*, traduit du latin par Marie Delcourt, Paris, Flammarion, coll. « GF Flammarion », 1987, 252 p.
- **1re édition :** 1516
- **Thématiques :** société, politique, justice, égalité, gouvernement, raison

L'Utopie ou le Traité de la meilleure forme de gouvernement parait pour la première fois en 1516 et connait rapidement le succès. Pour répondre à L'Éloge de la folie que son ami Érasme lui a dédié en 1509, Thomas More imagine un lieu, nommé Utopie (qui n'existe « nulle part »), dirigé par la sagesse. Il présente son texte comme le récit de voyage d'un navigateur qui a exploré un pays inconnu. Grâce à cet artifice, l'auteur se lance dans une véritable critique de la société anglaise, incomparablement inférieure à ce monde idéal où règnent justice, égalité et bonheur. Il donne ainsi naissance au genre utopique qui continuera à inspirer les auteurs des siècles suivants.

RÉSUMÉ

PRÉFACE

La préface prend la forme d'une lettre fictive que Thomas More aurait adressée à son ami Pierre Gilles (humaniste flamand, 1486-1533). Thomas More explique qu'il lui soumet la retranscription du témoignage d'un certain Raphaël Hythlodée, qu'ils ont tous deux écouté quelque temps auparavant. Il demande à Pierre de vérifier l'exactitude du récit, car il souhaite « qu'il n'y ait dans ce livre aucune imposture » (p. 76). Cette retranscription est, en réalité, *L'Utopie*. Thomas More crée donc un effet de réel en mettant en scène la rédaction de son livre.

LIVRE I

More, qui est à la fois narrateur et personnage, décrit d'abord les circonstances qui l'ont amené à rencontrer Pierre Gilles et Raphaël Hythlodée (un personnage fictif inventé pour *L'Utopie*) aux Pays-Bas. Thomas More se retrouve en Flandres pour des affaires politiques : il doit arranger un démêlé entre e roi d'Angleterre et le prince castillan. Un soir, il croise par hasard Pierre Gilles, qui lui présente Raphaël Hythlodée. Ce dernier est présenté comme un explorateur : il aurait voyagé avec Amerigo Vespucci (navigateur italien, 1454-1512) et aurait séjourné dans un pays lointain avec ses compagnons après le départ du navigateur. Là-bas, il aurait noué des liens avec les indigènes et aurait visité leur pays, Utopie. Il raconte aux deux amis son aventure.

Suite au récit fait par Raphaël de son voyage, More se prend d'intérêt pour les us et coutumes d'Utopie, estimant que certaines d'entre elles constituent des « modèles pour corriger les erreurs commises dans nos villes, pays, royaumes » (p. 89). Raphaël raconte une longue anecdote qui prouve combien ses jugements concernant la justice ont été mal accueillis en Angleterre : lors d'un diner en présence du cardinal Morton, un des convives a loué la justice et la répression dure envers les voleurs. En désaccord avec ces propos, Hythlodée a expliqué que les Anglais, mutilés par les guerres, appauvris par les taxes et dépossédés de leurs terres au profit des riches, n'ont pas d'autre choix que de mendier ou de voler. En outre, il a affirmé qu'il est injuste et contraire à la loi de Dieu de tuer quelqu'un qui a volé. Il a alors exposé le cas de la Perse où les voleurs doivent restituer les biens au propriétaire avant d'être envoyés aux travaux forcés : il s'agit, selon lui, d'une loi plus « humaine et opportune » (p. 109). Personne n'a semblé approuver ce discours, bien que le cardinal ait reconnu que cela pourrait résoudre le problème des vagabonds.

Les trois amis continuent leur conversation à propos des rois et de leur entourage. Se basant sur les théories de Platon (philosophe grec, 427-348/347 av. J.-C.), More est convaincu de la nécessité pour le prince d'être entouré de philosophes. Il estime que le prince doit avoir une connaissance pratique de la philosophie : celle-ci doit être « instruite de la vie » (p. 125).

Hythlodée évoque ensuite la situation en Utopie et raconte les bienfaits de la communauté des biens : les Utopiens ont aboli la propriété, évitant ainsi tout système de classe et d'écart entre les riches et les pauvres. Les trois amis font une pause pour manger avant que Hythlodée ne décrive ce pays inconnu.

LIVRE II

Hythlodée commence par une description géographique de l'ile, évoquant sa taille, la morphologie du terrain, son port, ses entrées, ses promontoires, etc. Il développe ensuite brièvement l'histoire des lieux avant de préciser que les cinquante-quatre villes que compte l'ile sont « identiques par la langue, les mœurs, les institutions et la loi » (p. 139). Il choisit alors de décrire la capitale, Amaurote, proche du fleuve Anhydre, où toutes les maisons se ressemblent.

Il évoque tout d'abord l'organisation politique : on y trouve un Sénat, avec des représentants du peuple, et un prince, élu au suffrage secret. Il précise que « rien n'[est] décidé qui concerne l'État sans avoir été mis en délibération au Sénat » (p. 146).

Les habitants travaillent tous dans l'agriculture, qu'ils soient citadins ou non, mais chacun apprend en parallèle le métier qui lui plait. Ils fabriquent eux-mêmes leurs vêtements. Les journées sont divisées en vingt-quatre heures, dont six sont consacrées au travail. Comme personne ne reste inactif, il faut peu de temps pour produire des objets utiles à tous.

Afin que la population reste stable dans chaque ville, les filles mariées partent vivre dans la famille du mari. Si un trop grand nombre de personnes vit sur l'ile, des colonies sont créées. L'ordre social est bien établi : les épouses obéissent aux maris, les enfants aux parents, les jeunes aux ainés. Tous les enfants reçoivent une éducation par le biais des livres et de l'école, et parlent la langue nationale. Les Utopiens prennent en commun leurs repas. Ceux-ci sont toujours précédés d'une courte lecture morale et accompagnés de musique. Toutefois, à la campagne, à cause de la distance qui sépare les habitations, chacun mange chez soi. Il faut obtenir une autorisation pour se rendre dans une autre maison.

Les habitants n'utilisent pas de monnaie et méprisent l'or et l'argent, qu'ils utilisent pour faire des pots de chambre.

Hythlodée a constaté que leurs ancêtres ont fait à peu près les mêmes découvertes que celles des Occidentaux et qu'en philosophie, ils cherchent à savoir dans quelles choses réside le bonheur humain. Au cours d'une discussion, Hythlodée et ses compagnons initient les Utopiens à la langue grecque, très proche de la leur, et leur apprennent à fabriquer une imprimerie et du papier. Ils commencent aussitôt à diffuser des ouvrages.

En ce qui concerne la religion, la plupart des Utopiens sont monothéistes : ils croient en Mithra, un « être suprême, créateur et protecteur du monde » (p. 213). Mais le législateur Utopus a instauré la liberté des croyances pour que puisse régner la paix. Quant aux prêtres, ils sont élus, résident dans leurs sanctuaires et parlent uniquement de choses qui s'accordent dans toutes les religions. Hythlodée et ses compagnons les initient au christianisme et en convertissent un certain nombre.

En Utopie, les vertus sont récompensées et les méfaits punis. Les habitants croient en l'immortalité de l'âme, que Dieu a destinée au bonheur. Ce bonheur, ils le trouvent « dans le plaisir droit et honnête » (p. 173). Il s'agit dès lors de vivre conformément à la nature, de se montrer bon envers soi et les autres, etc.

Au niveau de la santé, ils autorisent l'euthanasie aux personnes atteintes d'une maladie incurable.

Les Utopiens ont des esclaves : il s'agit soit de citoyens ayant commis un acte honteux, soit d'étrangers condamnés à mort qu'ils ont rachetés. Lorsqu'un crime est commis, c'est le Sénat qui décide des peines. Il préfère réduire les malfaiteurs en esclavage plutôt que de les tuer car ils sont utiles à la société. En Utopie, il existe peu de lois, et tous les habitants les connaissent. Elles ont « pour objet de rappeler à chacun son devoir » (p. 197).

Les Utopiens détestent la guerre et ne pratiquent que la lutte défensive. Avant un conflit, ils tentent toujours de négocier et, si cela n'aboutit pas, ils préfèrent se battre avec « la ruse et l'artifice » (p. 203).

Aux yeux d'Hythlodée, cette république est la « meilleure » et « la seule qui mérite ce nom », car « ce qui compte est le bien public » (p. 229). Il n'y a ni pauvre ni mendiant. La justice y règne, et le travail y est récompensé.

À la fin du récit, More semble séduit par le mode de vie en Utopie et conclut : « Il y a dans la République utopienne bien des choses que je souhaiterais voir dans nos cités. » (p. 234)

ÉTUDE DES PERSONNAGES

RAPHAËL HYTHLODÉE

Raphaël Hythlodée est un personnage fictif. More explique qu'il lui a été présenté par l'intermédiaire de Pierre Gilles. C'est un Portugais âgé, à la barbe longue (signe distinctif des philosophes) et au visage bronzé, dont la tenue rappelle celle d'un navigateur. Il est le narrateur-conteur de la vie en Utopie, tandis ce que les deux autres personnages (More et Gilles) en sont les interlocuteurs.

En créant ce personnage, l'auteur rend, d'une part, son histoire crédible en créant un effet réel (Hythlodée a voyagé avec Amerigo Vespucci, le célèbre navigateur) et, d'autre part, se désolidarise de sa création (More veut donner l'impression au lecteur qu'il n'a rien inventé : il ne fait que répéter scrupuleusement ce qu'Hythlodée lui a dit).

Durant son récit, on le sent fasciné par les institutions utopiennes, mais il doute de la capacité des Européens à changer les leurs.

PIERRE GILLES

Pierre Gilles est un ami de longue date de More. Il le croise au début du récit à l'occasion d'une mission diplomatique aux Pays-Bas. L'auteur dresse son portrait en mettant en avant les qualités d'humaniste ainsi que la bonté et l'érudition de son ami. C'est Pierre Gilles qui introduit Hythlodée et, comme Thomas More, écoute avec attention son récit.

C'est pour cela que le Thomas More met en scène la lettre qui ouvre le récit : il veut mettre son histoire sous la protection d'un ami, à qui il demande de vérifier l'exactitude du récit, puisqu'il était là lorsque More l'a entendu. Personnage secondaire dans le dialogue, il intervient peu.

Pierre Gilles est un personnage historique qui a réellement existé. C'est un ami commun d'Érasme et de Thomas More. Il a d'abord travaillé comme correcteur chez l'imprimeur Dirk Martens (1447-1534) avant de devenir secrétaire général d'Anvers en 1510. Il prépare la première édition de *L'Utopie* parue à Louvain en 1516.

THOMAS MORE

Thomas More se pose comme un personnage à part entière dans le récit. Il se présente avant tout par ses titres et qualités de « citoyen et vice-shérif de la cité de Londres » (p. 83 et 235). Dans la lettre fictive qui ouvre le récit, il dresse son autoportrait : il se décrit comme un homme extrêmement investi dans ses tâches professionnelles et comme un érudit qui souhaiterait passer plus de temps à l'étude, mais également comme quelqu'un qui accorde une grande importance à la famille et à l'amitié. Il confie à Pierre Gilles ses craintes concernant la publication de son ouvrage et les critiques qui pourraient lui être faites. Interlocuteur privilégié d'Hythlodée, il interrompt peu le récit, posant de temps en temps une question. Cependant, il défend certaines idées : il affirme l'importance d'une philosophie pratique pour les princes et se fait le défenseur des idées dominantes de l'époque concernant la propriété privée.

CLÉS DE LECTURE

La découverte du Nouveau Monde

Dès le premier tiers du XVe siècle, le Portugal et l'Espagne se lancent à la conquête des océans et des nouvelles terres. Découvert en 1492 par Christophe Colomb (navigateur génois, 1450/1451-1506), le Nouveau Monde est cartographié par Amerigo Vespucci, que More évoque dans son roman. C'est le début des empires coloniaux et d'une économie mondiale : des comptoirs commerciaux sont installés et des routes maritimes sont créées pour rapporter les biens et les richesses (nourriture, or, etc.). L'Europe découvre qu'il existe d'autres hommes. Des récits, plus ou moins réels, racontent les histoires de ces voyageurs et connaissent un véritable succès auprès des lecteurs du début du XVIe siècle. *L'Utopie* s'inscrit dans ce contexte d'exotisme et de découverte.

Crise politique : les guerres d'Italie

Composée de différents états rivaux et indépendants, l'Italie est, depuis le XVe siècle, un enjeu de première importance pour les puissances étrangères. C'est l'une des régions les plus prospères et les plus urbanisées d'Europe : sa richesse attire la convoitise.

Les guerres d'Italie opposent les Valois de France aux Habsbourg (qui régnaient sur l'Espagne, les Pays-Bas, la Belgique, l'Allemagne et l'Autriche actuels) pour la possession du royaume de Naples et du duché de Milan. En 1511, l'Angleterre rejoint la Sainte-Ligue, une coalition qui lutte contre les prétentions de la France en Italie du Nord. Elle se compose du pape Jules II (1443-1513), du roi d'Aragon Ferdinand II (1452-1516), de la république de Venise et des cantons suisses. En 1514, Henri VIII (1491-1547) quitte la Ligue et conclut la paix avec la France. Mais, un an plus tard, en raison des ambitions du nouveau roi de France François Ier (1494-1547), Henri VIII se rapproche de l'Espagne. En 1515, un an avant la parution de *L'Utopie*, François Ier se lance dans l'aventure, et persiste dans les tentatives d'annexion. En 1516, Charles de Habsbourg (le futur empereur Charles Quint, 1500-1558) succède à Ferdinand Ier sur le trône d'Espagne et des Pays-Bas. Très rapidement, Charles devient l'ennemi de la France et s'allie notamment à Henri VIII pour être élu empereur du Saint Empire romain germanique en 1519.

Les nombreux conflits vont se succéder jusqu'en 1559. Ils donnent lieu à des ambassades dont le rôle est de régler les contentieux et de conclure des alliances. More évoque ainsi la mission diplomatique qui l'amène dans les Flandres, où il rencontrera Pierre Gilles et Raphaël Hythlodée. Il explique qu'il se rend à Bruges afin de d'arranger une affaire entre Henri VIII et Charles, sans donner plus d'explications. Il critique aussi assez sévèrement les ambitions françaises de conquête et la bêtise des conseillers du roi. Cet état constant de guerre s'oppose à l'esprit pacifique qui règne sur Utopie.

Crise religieuse : les Réformes

Au XVIe siècle, différents courants de pensée remettent en cause la religion catholique ainsi que ses représentants (ils dénoncent les abus du pape et les vices du clergé) et veulent retourner à une religion plus proche des principes originels. C'est le début des Réformes, qui toucheront toute l'Europe et donneront naissance à de nombreuses querelles et guerres. Dans son ouvrage, More évoque une possible solution : le principe de liberté de culte du législateur Utopus qui permettrait d'éviter les conflits. En effet, si la plupart des Utopiens croient en Mithra, toutes les croyances sont possibles, et les prêtres n'évoquent jamais une religion en particulier. Ils parlent davantage de valeurs communes entre toutes. More s'appuie donc sur l'exemple sanglant des guerres de religion afin de trouver un compromis qui préserve la paix.

Le cas particulier de l'Angleterre d'Henri VIII

Au XVe siècle, des guerres civiles entre deux familles royales anglaises déchirent le pays : c'est la guerre des Deux-Roses (1450-1485). À la fin du conflit, de nombreux soldats se retrouvent sans emploi et errent dans les campagnes. De plus, à la suite des grandes découvertes, l'économie ne se fonde plus sur l'agriculture, mais sur le commerce et les industries urbaines, notamment le travail de la laine. Les agriculteurs sont alors chassés des larges terrains communs qui sont remplacés par des élevages privés de moutons : c'est le mouvement des enclosures. Dans *L'Utopie*, More décrit avec réalisme la situation extrême pour cette population appauvrie, forcée au vagabondage et au vol. Il évoque les mauvaises solutions des Anglais, qui préconisent des peines plus dures envers les voleurs. Hythlodée propose alors un nouveau système plus humain et rentable, où les voleurs effectueraient des travaux forcés.

UNE UTOPIE, UN MONDE IMAGINAIRE

Définition

Une utopie (qui signifie, en grec ancien, « pays de nulle part ») est la création imaginaire d'une société dans laquelle un auteur élabore de nouvelles règles et met sur pied des institutions idéales en vue de transformer le monde tel qu'il le connait et pour que chaque citoyen atteigne le bonheur. Dans son ouvrage, Thomas More critique la société anglaise et occidentale du XVIᵉ siècle et propose un modèle basé sur l'uniformisation, l'égalité et la mise en commun.

À la lecture d'*Utopie*, on s'interroge cependant : l'utopie est-elle un monde réel ou fictif ? D'une part, l'auteur utilise de nombreux éléments qui font de cette œuvre une fiction : le nom de l'ile signifie « nulle part » ; le principal fleuve (Anhydre) est selon son étymologie « sans eau » ; le nom d'Hythlodée, le navigateur témoin de ce pays, veut dire « expert en balivernes », etc. D'autre part, l'ile apparait comme réelle. En effet, l'humaniste rapporte en détail le récit de voyage d'une connaissance et n'hésite pas à faire référence à des personnages réels afin de donner à l'ensemble un certain réalisme. Le lecteur constate aussi qu'il n'y a pas de recours au merveilleux, à la fantaisie ou à la magie : l'histoire d'Hythlodée est crédible, puisqu'elle est réaliste.

Caractéristiques

En 1516, Thomas More invente le mot « utopie » en apposant le préfixe grec ou (« non ») à topos (« lieu »). Il donne ainsi naissance au genre utopique, dont certaines caractéristiques seront reprises par les auteurs qu'il a influencés :

- l'utopie se situe généralement sur une ile (les habitants vivent ainsi repliés sur eux-mêmes sans être influencés par l'extérieur) ;
- le temps en utopie est comme figé : le passé semble lointain, presque mythique (p. 128 et 144-145), et il n'y a plus de progrès puisque l'organisation est déjà parfaite ;
- un législateur (Utopus chez More) est à l'origine de l'organisation de l'ile : il a mis en place une uniformité sociale qui a permis l'égalité des citoyens et la suppression des classes sociales (uniformité des vêtements, p. 153-154) ;
- très souvent, il existe une forme de dirigisme qui laisse peu de place à l'individualisme et aux choix personnels. Tout doit se faire au nom de l'ensemble (collectivisme) dans le but d'atteindre un bonheur collectif (l'organisation de la journée, p. 146-152 ; ou l'importance du bien public, p. 229) ;
- une grande importance est accordée à l'éducation (p. 76), préoccupation majeure des humanistes.
- le système économique repose souvent en grande partie sur l'agriculture (p. 139-141), qui assure la pérennité des ressources et le bonheur des hommes, en opposition à l'industrialisation qui creuse les écarts entre les classes.

SOURCE ET ÉVOLUTION
DU GENRE UTOPIQUE

Si *L'Utopie* de More marque les débuts du genre de l'utopie, on remarque qu'il puise son inspiration dans l'Antiquité, plus particulièrement chez Platon. L'auteur grec a composé, entre 384 et 377 av. J.-C., *La République*, œuvre dans laquelle il imagine une cité idéale. Le christianisme offre également d'autres sources au genre utopique : plusieurs épisodes bibliques, comme le paradis terrestre, font état d'un monde idéal. Par ailleurs, confrontés aux problèmes posés par les villes médiévales (problèmes de circulation, d'hygiène, etc.), les érudits de la Renaissance réfléchissent aux caractéristiques des cités idéales. Inspirés par le traité d'architecture de l'Italien Leon Battista Alberti (humaniste et architecte italien, 1404-1472), ils cherchent à organiser les villes de manière pratique (du point de vue des transports, de la sécurité, etc.) et esthétique (symétrie, plan en forme de carré ou d'étoile, etc.).

À la suite de Thomas More, de nombreux auteurs continueront à illustrer le genre utopique, tels que Tommaso Campanella (écrivain et philosophe italien, 1568-1639) et La Cité du Soleil (1602), Fénelon (prélat et écrivain français, 1651-1715) et Les Aventures de Télémaque (1699), Jonathan Swift (écrivain irlandais, 1667-1745) et Les Voyages de Gulliver (1726) ou encore Jules Verne (écrivain français, 1828-1905) avec L'Île mystérieuse (1874).

Au XXe siècle, on voit également apparaitre des anti-utopies ou dystopies qui consistent en la création d'une société dans laquelle il existe de nombreux travers afin de critiquer la société actuelle (dérives du pouvoir politique, limitation des libertés, etc.). Le Meilleur des mondes (1932) d'Aldous Huxley (écrivain britannique, 1894-1963) et 1984 (1949) de George Orwell (écrivain anglais, 1903-1950) en sont deux chefs-d'œuvre.

THOMAS MORE, UN HUMANISTE

Thomas More est un humaniste chrétien engagé : à l'image des premiers humanistes italiens, il a occupé différents postes dans les domaines politique et judiciaire (p. 74). Il s'est également engagé dans les controverses religieuses de son temps, luttant contre les Réformes, même si dans *L'Utopie*, il délivre un message plutôt tolérant (p. 16).

L'HUMANISME

L'humanisme est un courant né en Italie au XIIIe siècle avant de s'étendre à toute l'Europe jusqu'au XVIe siècle. Il s'agit d'un mouvement de renouveau complet dans les lettres, les arts et la pensée. Les érudits font renaitre le savoir de l'Antiquité (un passé glorieux au contraire du Moyen Âge, considéré comme sombre et sans intérêt) et donnent plus de place à l'homme, tout en conciliant ces deux idées avec le christianisme.

D'autres éléments dans *L'Utopie* attestent de l'attachement de l'auteur aux idées humanistes. More fait de nombreuses références à l'Antiquité :

- il fait allusion à des personnages réels ou fictifs de l'Antiquité gréco-romaine, mais également chrétienne et orientale. On retrouve ainsi Ulysse, Cicéron, Moïse ou encore Mithra ;
- il établit les principes religieux des Utopiens en se basant sur deux courants philosophiques concurrents nés en Grèce au IVᵉ siècle av. J.-C., l'épicurisme et le stoïcisme. Tous deux visent à atteindre la paix de l'âme, mais diffèrent sur le moyen d'y arriver. Pour Épicure (philosophe grec, 341-270 av. J.-C.) et ses disciples, le sage doit mener une vie vertueuse qui doit en même temps être faite de plaisirs naturels et nécessaires. Pour les stoïciens, le sage doit maitriser ses passions, et accepter l'ordre des choses et sa place dans la société en accomplissant son devoir ;
- il s'inspire des idées de Platon, notamment dans sa réflexion sur une cité idéale, lorsqu'il évoque la nécessité de la présence de philosophes dans l'entourage du prince ou encore, quand il prône l'égalité de tous devant la loi.

More accorde également beaucoup d'importance à l'éducation, à l'instar des humanistes de son temps, en particulier à celle du prince. En témoigne notamment la liste d'ouvrages « classiques » du savoir qu'il cite (p. 187-188). Aussi respecte-t-il profondément la valeur de la vie humaine : « Car tous les biens que l'on peut posséder ne sauraient, mis ensemble, équivaloir à la vie humaine. » (p. 105) Enfin, tout comme d'autres humanistes, il critique la guerre, qu'il considère comme une « chose absolument bestiale » (p. 201).

L'UTOPIE : TRAITÉ DE PHILOSOPHIE POLITIQUE

L'influence platonicienne

Thomas More, dans *L'Utopie*, s'inspire de Platon et de sa description d'une cité idéale, mais également du système narratif de *La République*.

Cette filiation se remarque dès les premières pages : More choisit de commencer son récit par une conversation entre amis à l'issue d'une cérémonie religieuse, reproduisant la manière dont Platon a ouvert son traité (visite de Socrate à son ami Céphale de Syracuse à l'occasion de la fête d'Artémis). Tout comme l'auteur antique ancre son traité dans un cadre réaliste (celui d'une conversation entre philosophes), l'humaniste anglais débute son récit en se plaçant lui-même comme un personnage de l'histoire et évoque sa rencontre avec un autre personnage qui a réellement existé, Pierre Gilles. Il pousse même l'effet de réel jusqu'à évoquer le contexte historique de l'époque :

> « L'invincible roi d'Angleterre, Henry, huitième du nom, remarquable par tous les dons qui distinguent un prince éminent, eut récemment avec le sérénissime prince Charles de Castille un différend portant sur des questions importantes. Il m'envoya en Flandre comme porte-parole, avec mission de traiter et de régler cette affaire. » (p. 84)

Sa mission officielle est le prétexte à sa rencontre avec Gilles puis Hythlodée. More veut donc ancrer le plus possible son récit dans le réel, un effet renforcé par la lettre à Pierre

Gilles qui ouvre *L'Utopie*.

Il suit en tout point la méthode d'exposition du début de La République, où l'origine de l'État est analysée dans le but découvrir ce qu'est la justice. Chez More, c'est la description de l'utopie qui dévoile la meilleure forme de communauté possible.

En outre, More, comme Platon, s'exprime à travers la figure du philosophe. Raphaël Hythlodée n'est, en effet, pas un simple navigateur : il doit beaucoup à Socrate, philosophe et narrateur principal chez Platon. Il n'est pas avide de richesse ou de pouvoir, et veut répandre la vérité – il aurait préféré rester vivre en Utopie, mais il est retourné en Europe pour faire part de sa découverte. Il décrit ce pays d'une façon simple pour que son message soit limpide, tout comme l'a fait Socrate. C'est par le biais du dialogue que les informations sont données au lecteur. Le philosophe, par le biais de la discussion, éduque son auditoire et lui dévoile la vérité. Le personnage de Thomas More joue à cet égard un rôle primordial puisqu'il oriente la discussion sur les sujets clés, comme le système politique anglais.

L'humaniste anglais a également recours à l'enchâssement des récits que l'on trouve dans le traité de Platon : à l'intérieur de son récit se trouve celui d'Hythlodée. On trouve un autre niveau de récits enchâssés dans la première partie, puisque Hythlodée intègre des microrécits utopiques dans son discours, lorsqu'il décrit, par exemple, le système de gouvernement des Polylérites, un peuple d'Utopie :

> « À vrai dire, aucune réglementation dans aucun pays ne me

paraît sur ce point recommandable à l'égal de celle que j'ai consignée tandis que je voyageais en Perse, chez ces gens qu'on appelle les Polylérites. Leur pays est important, bien gouverné, libre et autonome, si ce n'est qu'il acquitte un tribut annuel au roi des Perses. » (p. 106-107)

Enfin, dans la deuxième partie de l'œuvre se trouve un monologue au sein duquel Hythlodée décrit de façon précise et de façon élogieuse le mode de gouvernement des Utopiens. Il y expose les différentes composantes de cette société d'une façon qui rappelle le plan du texte de Platon.

More s'inspire donc de l'auteur antique afin d'exposer ses idées sous une forme vivante et spontanée, celle du dialogue, mais aussi d'une façon claire et pédagogique avec la figure du philosophe. Cela donne un ton naturel à son œuvre.

UN TRAITÉ DESTINÉ AUX GOUVERNANTS

Dans *L'Utopie*, Thomas More propose des idées pour une « meilleure forme de gouvernement » en se fondant sur plusieurs principes, à savoir le bien, l'utile, la nature et la raison :

- en politique, il conseille au prince de recevoir une éducation philosophique et de s'entourer de bons conseillers, mais il recommande également un système de représentation démocratique du peuple, à l'inverse du système monarchique britannique ;
- en ce qui concerne la société, il place la famille et le bonheur de tous au centre des préoccupations, alors que le

roi et les politiciens de son époque menaient une grande campagne de conquête afin d'assoir la puissance de la couronne britannique ;
- au niveau des lois et de la justice, il préconise un petit nombre de lois afin qu'elles soient connues de tous, et l'abolition de la condamnation à mort (la peine de mort ne sera abolie qu'en 1969 au Royaume-Uni) ;
- en matière de religion, il prône la tolérance religieuse, opposant alors aux guerres de religion. Il estime cependant nécessaire de croire en quelque chose ;
- à propos de la guerre, il suggère d'y avoir recours uniquement pour se défendre soi-même ou ses alliés, mais pas avant d'avoir épuisé tous les autres recours ;
- en politique étrangère, il rejette le principe des traités, que l'on rompt et rétablit à loisir, préférant un système d'alliance et d'échanges mutuels, basé sur les liens indissolubles qui lient les hommes entre eux ;
- en ce qui concerne l'argent et le partage des biens, il propose un système dans lequel la propriété privée et la monnaie sont inexistants, ce qui permet la mise en commun des biens et leur égale répartition entre tous.

La satire : un moyen de défendre ses idées

Thomas More expose dans son récit des idées nouvelles et même révolutionnaires, notamment en ce qui concerne l'égalité de traitement entre les individus. À une époque où le roi et ses conseillers sont tout puissants, More veut lutter contre les excès du pouvoir et les conséquences désastreuses de leurs pratiques sur la société. Il dénonce aussi l'oisiveté et l'obscurantisme religieux.

Le mode du dialogue lui permet d'exprimer avec vigueur son opinion sur l'organisation politique en Angleterre, mais il n'ose pas attaquer directement le roi et sa politique traditionnelle. C'est la raison pour laquelle il met en scène un personnage fictif En mettant ses opinions politiques dans la bouche d'un autre personnage, Thomas More n'est pas responsable de ses propos. L'auteur ne peut en effet remettre en cause la politique royale en raison de sa fonction de chancelier du roi. Raphaël Hythlodée est donc pour lui le moyen de défendre ses opinions tout en se protégeant.

Grâce à ce personnage, l'humaniste peut critiquer le système politique anglais sur un ton satirique. Ainsi, lorsque More, admiratif des talents d'Hythlodée, lui propose de se mettre au service du roi, celui-ci refuse :

> « Les princes en effet, la plupart sinon tous, concentrent leurs pensées sur les arts de la guerre (pour lesquels je n'ai et ne désire avoir aucune compétence) bien plus volontiers que sur les arts bienfaisants de la paix ; et ils s'intéressent beaucoup plus aux moyens, louables ou non, d'acquérir de nouveaux royaumes qu'à ceux de bien administrer leur héritage [...]. Ce sont les opinions les plus sottes qui reçoivent leur acquiescement [des conseillers royaux], leurs flatteries, pourvu que celui qui les présente soit au comble du crédit auprès du prince, lequel ils espèrent se rendre favorable par leur acquiescement. » (p. 92)

L'auteur, à travers son porte-parole, juge avec humour et mépris le roi (qui s'intéresse plus à la guerre qu'à la paix) et ses conseillers, qui suivent les idées « les plus sottes » et la « flatterie ».

More s'adonne aussi à la satire religieuse en attaquant, par exemple, les frères mendiants (des religieux qui ont fait vœu de pauvreté et dépendent de la charité pour vivre) de façon assez violente. Hythlodée raconte l'histoire d'un « frère théologien » qui se couvre de ridicule lorsque, riant à une plaisanterie sur les moines, il se fait moquer à son tour par le plaisantin : « Vous [les frères mendiants] êtes les pires vagabonds du monde. » (p. 113) Le moine, très en colère, traite son interlocuteur « de calomniateur, de diffamateur, de fils de perdition, le tout mêlé de menaces terribles tirées de l'Écriture sainte » (*ibid*.). L'accumulation des termes injurieux et, bien entendu, les menaces tirées de la Bible, rendent la réaction du moine risible.

Mais l'ironie ressort aussi dans *L'Utopie* à travers la création de noms propres en relation avec le pays d'Utopie. La plupart des noms inventés par More sont composés à partir de racines grecques, parfois tronquées, et leur signification paradoxale apporte un certain humour au récit. Les « Polytérites », par exemple, sont décrits comme un peuple très sage ; leur nom évoque pourtant un bavardage abondant, tout comme celui d'Hythlodée (leur nom serait tiré de *lèreô lhrev*, « dire des bêtises » et *polu*, « beaucoup »). Les « Achoriens », dont le nom signifie « sans-territoire » (*a-chôroi*), sont, à un certain moment, propriétaires de deux territoires. Les gouverneurs d'Utopie sont appelés Adèmes, les « sans peuple » (*a-dêmos*). On peut aussi voir, dans ces inventions, le moyen pour More de semer le doute sur la véracité de son récit. Ou bien est-ce un autre moyen de rire aux dépens des faux savants qui ne maitrisent par le grec ?

PISTES DE RÉFLEXION

QUELQUES QUESTIONS POUR APPROFONDIR SA RÉFLEXION…

- Définissez ce qu'est une utopie. Que fait Thomas More pour créer et rendre réel cet autre monde ?
- À l'aide d'un tableau, comparez les mœurs des habitants d'Utopie avec celles d'Angleterre. La situation est-elle meilleure en Utopie ? Justifiez votre réponse.
- Quelle(s) idée(s) et valeur(s) humaniste(s) More défend-il dans son ouvrage ? Expliquez.
- Pourquoi les spécialistes considèrent-ils que *L'Utopie* relève de la philosophie politique ?
- Par quel(s) moyen(s) More tente-t-il d'échapper aux critiques que l'on pourrait adresser à son ouvrage ? Expliquez.
- À votre avis, vivre en Utopie signifie-t-il vivre en démocratie ? Expliquez.
- Les valeurs et les comportements des Utopiens sont-ils en accord avec le contexte religieux de l'époque ?
- Sur base de quelle(s) référence(s) littéraire(s) et historique(s) More a-t-il créé *L'Utopie* ?
- Comparez *L'Utopie* de More avec d'autres œuvres du même genre. Retrouvez-vous des constantes ?
- Ce livre peut-il être qualifié de récit de voyage ? Justifiez.

Votre avis nous intéresse !
Laissez un commentaire sur le site de votre librairie en ligne
et partagez vos coups de cœur sur les réseaux sociaux !

POUR ALLER PLUS LOIN

ÉDITION DE RÉFÉRENCE

- MORE T., *L'Utopie ou le Traité de la meilleure forme de gouvernement*, traduit du latin par M. Delcourt et annoté par S. Goyard-Fabre, Paris, Flammarion, coll. « GF Flammarion », 1987, 257 p.

ÉTUDES DE RÉFÉRENCE

- BENÉ C., « Dialogue et satire dans *L'Utopie* de Thomas More », in *Étude sur l'humanisme, la réforme après la renaissance*, n °1, 2002, p. 19-29, consulté le 18 novembre 2016.
- MADONNA DESBAZEILLE M., *Utopia. Thomas More*, Paris, Ellipses, coll. « Première leçon sur », 1998.
- LACORE-MARTIN E., « L'utopie de Thomas More à Rabelais : sources antiques et réécritures », in *Revue Kentron*, n° 24, 2008, p. 123-145, consulté le 18 novembre 2016.
- MARC'HADOUR G., *Thomas More. Un homme pour toutes les saisons*, Paris, Éditions ouvrières, 1992.
- TROUSSON R., *Voyages aux Pays de Nulle part. Histoire littéraire de la pensée utopique*, Bruxelles, Éditions de l'ULB, 1975, p. 50-62.
- « Utopie. La quête de la société idéale en Occident », in *BnF.fr*, consulté le 17 novembre 2016, http://expositions.bnf.fr/utopie/

SUR LEPETITLITTÉRAIRE.FR

- Fiche de lecture sur *Éloge de la folie* d'Érasme.

Retrouvez notre offre complète sur lePetitLittéraire.fr

- des fiches de lectures
- des commentaires littéraires
- des questionnaires de lecture
- des résumés

ANOUILH
- Antigone

AUSTEN
- Orgueil et Préjugés

BALZAC
- Eugénie Grandet
- Le Père Goriot
- Illusions perdues

BARJAVEL
- La Nuit des temps

BEAUMARCHAIS
- Le Mariage de Figaro

BECKETT
- En attendant Godot

BRETON
- Nadja

CAMUS
- La Peste
- Les Justes
- L'Étranger

CARRÈRE
- Limonov

CÉLINE
- Voyage au bout de la nuit

CERVANTÈS
- Don Quichotte de la Manche

CHATEAUBRIAND
- Mémoires d'outre-tombe

CHODERLOS DE LACLOS
- Les Liaisons dangereuses

CHRÉTIEN DE TROYES
- Yvain ou le Chevalier au lion

CHRISTIE
- Dix Petits Nègres

CLAUDEL
- La Petite Fille de Monsieur Linh
- Le Rapport de Brodeck

COELHO
- L'Alchimiste

CONAN DOYLE
- Le Chien des Baskerville

DAI SIJIE
- Balzac et la Petite Tailleuse chinoise

DE GAULLE
- Mémoires de guerre III. Le Salut. 1944-1946

DE VIGAN
- No et moi

DICKER
- La Vérité sur l'affaire Harry Quebert

DIDEROT
- Supplément au Voyage de Bougainville

DUMAS
- Les Trois
  Mousquetaires

ÉNARD
- Parlez-leur
  de batailles,
  de rois et
  d'éléphants

FERRARI
- Le Sermon sur la
  chute de Rome

FLAUBERT
- Madame Bovary

FRANK
- Journal
  d'Anne Frank

FRED VARGAS
- Pars vite et
  reviens tard

GARY
- La Vie devant soi

GAUDÉ
- La Mort du
  roi Tsongor
- Le Soleil des
  Scorta

GAUTIER
- La Morte
  amoureuse
- Le Capitaine
  Fracasse

GAVALDA
- 35 kilos d'espoir

GIDE
- Les
  Faux-Monnayeurs

GIONO
- Le Grand
  Troupeau
- Le Hussard
  sur le toit

GIRAUDOUX
- La guerre de
  Troie
  n'aura pas lieu

GOLDING
- Sa Majesté des
  Mouches

GRIMBERT
- Un secret

HEMINGWAY
- Le Vieil Homme
  et la Mer

HESSEL
- Indignez-vous !

HOMÈRE
- L'Odyssée

HUGO
- Le Dernier Jour
  d'un condamné
- Les Misérables
- Notre-Dame
  de Paris

HUXLEY
- Le Meilleur
  des mondes

IONESCO
- Rhinocéros
- La Cantatrice
  chauve

JARY
- Ubu roi

JENNI
- L'Art français
  de la guerre

JOFFO
- Un sac de billes

KAFKA
- La Métamorphose

KEROUAC
- Sur la route

KESSEL
- Le Lion

LARSSON
- Millenium 1. Les
  hommes qui
  n'aimaient pas
  les femmes

LE CLÉZIO
- Mondo

LEVI
- Si c'est un
  homme

LEVY
- Et si c'était vrai…

MAALOUF
- Léon l'Africain

MALRAUX
• La Condition humaine

MARIVAUX
• La Double Inconstance
• Le Jeu de l'amour et du hasard

MARTINEZ
• Du domaine des murmures

MAUPASSANT
• Boule de suif
• Le Horla
• Une vie

MAURIAC
• Le Nœud de vipères

MAURIAC
• Le Sagouin

MÉRIMÉE
• Tamango
• Colomba

MERLE
• La mort est mon métier

MOLIÈRE
• Le Misanthrope
• L'Avare
• Le Bourgeois gentilhomme

MONTAIGNE
• Essais

MORPURGO
• Le Roi Arthur

MUSSET
• Lorenzaccio

MUSSO
• Que serais-je sans toi ?

NOTHOMB
• Stupeur et Tremblements

ORWELL
• La Ferme des animaux
• 1984

PAGNOL
• La Gloire de mon père

PANCOL
• Les Yeux jaunes des crocodiles

PASCAL
• Pensées

PENNAC
• Au bonheur des ogres

POE
• La Chute de la maison Usher

PROUST
• Du côté de chez Swann

QUENEAU
• Zazie dans le métro

QUIGNARD
• Tous les matins du monde

RABELAIS
• Gargantua

RACINE
• Andromaque
• Britannicus
• Phèdre

ROUSSEAU
• Confessions

ROSTAND
• Cyrano de Bergerac

ROWLING
• Harry Potter à l'école des sorciers

SAINT-EXUPÉRY
• Le Petit Prince
• Vol de nuit

SARTRE
• Huis clos
• La Nausée
• Les Mouches

SCHLINK
• Le Liseur

SCHMITT
- La Part de l'autre
- Oscar et la
  Dame rose

SEPULVEDA
- Le Vieux qui
  lisait des romans
  d'amour

SHAKESPEARE
- Roméo et Juliette

SIMENON
- Le Chien jaune

STEEMAN
- L'Assassin
  habite au 21

STEINBECK
- Des souris et
  des hommes

STENDHAL
- Le Rouge et
  le Noir

STEVENSON
- L'Île au trésor

SÜSKIND
- Le Parfum

TOLSTOÏ
- Anna Karénine

TOURNIER
- Vendredi ou
  la Vie sauvage

TOUSSAINT
- Fuir

UHLMAN
- L'Ami retrouvé

VERNE
- Le Tour
  du monde
  en 80 jours
- Vingt mille
  lieues sous
  les mers
- Voyage au
  centre de
  la terre

VIAN
- L'Écume des jours

VOLTAIRE
- Candide

WELLS
- La Guerre des
  mondes

YOURCENAR
- Mémoires
  d'Hadrien

ZOLA
- Au bonheur
  des dames
- L'Assommoir
- Germinal

ZWEIG
- Le Joueur
  d'échecs

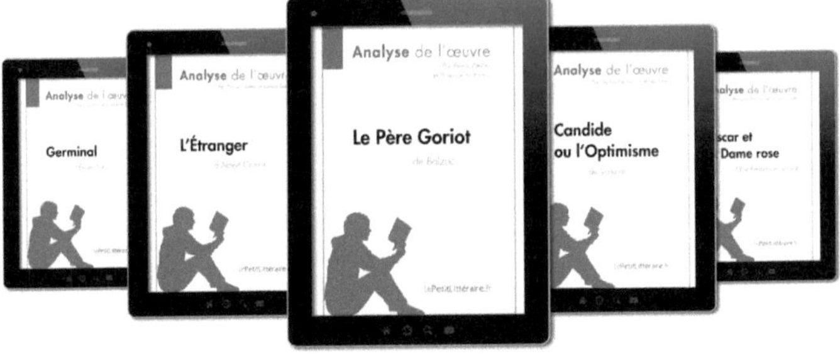

ISBN version numérique : 978-2-8062-9168-4
ISBN version papier : 978-2-8062-9169-1
Dépôt légal : D/2016/12603/900

Avec la collaboration de Pauline Coullet pour l'étude du personnage de Pierre Gilles et les chapitres « L'influence platonicienne » et « La satire : un moyen de défendre ses idées ».

Conception numérique : Primento,
le partenaire numérique des éditeurs.

Ce titre a été réalisé avec le soutien de la Fédération Wallonie-Bruxelles, Service général des Lettres et du Livre.